RÉFLEXIONS

SUR

LA PAIX,

ADRESSÉES A M. PITT

ET

AUX FRANÇAIS.

PAR MADAME DE STAËL.

1795.

La vie privée et politique du Général
Dumouriez, écrite par lui-même, 2 vol.
in-12. . . . . 10 liv.

Les Mémoires du Général Dumouriez,
la seule édition complette, ornée du
portrait de l'Auteur, 2 vol. in-12. 10 liv.

Considérations sur la nature de la Révolution de France, et sur les causes qui
en prolongent la durée, par Mallet du
Pan. . . . . 5 liv.

Anecdotes curieuses et peu connues sur
différents personnages qui ont joué un
rôle dans la Révolution. . . . 3 liv.

Almanach et tableaux des Prisons de Paris
sous le règne de Robespierre, 4 vol.,
ornés de gravures. . . . . . . 10 liv.

C'est à Mr. Pitt qu'il faut demander compte du destin de l'Europe ; l'Angleterre devoit être le génie tutelaire des puissances, alors qu'elle s'unissoit à elles pour faire la guerre à la France ; sa constitution, chef-d'œuvre de la raison et de la liberté, lui donnoit le droit de prononcer dans ce grand débat du monde. Il étoit beau à une nation, sagement indépendante, de repousser de son alliance un peuple qui souilloit sa cause par le crime, et de populariser la coalition en la soumettant à l'ascendant d'un gouvernement libre. Ce n'étoit pas comme rivale de la France qu'elle devoit se présenter à cette lutte, c'étoit comme protectrice de l'ordre social qui, menacé tout entier, ne peut se sauver partiellement, et ses alliés devoient tirer leur principal secours de l'éclat de ses vertus et de ses lumières ; a-t-elle eu ce motif, a-t-elle atteint ce but ? Toutefois, les débris de sa gloire sont encore si imposans qu'elle peut toujours décider du sort de l'Europe.

Mr. Pitt et la France, une nation et un homme, voilà ce qu'il importe de persuader; l'intérêt de l'une, la conscience de l'autre peuvent les faire marcher au même but ; mais la vérité qu'il faut dire prend le caractère des personnalités, quand elle s'adresse à un gouvernement dirigé par un ministre, et il a besoin d'une sorte d'élévation, pour admettre même une idée générale dans un temps où elles s'appliquent toutes à ses actions politiques. Il faut néanmoins pour juger cette grande cause, s'isoler de soi comme ambitieux, comme ministre, comme Anglais même ; mais l'oubli de ces intérêts personnels n'est qu'un sacrifice apparent il s'agit en effet de les préserver tous de la ruine universelle, qui entraîneroit et l'homme et le gouvernement et la nation sous le poids de la destinée du monde. Je ne vais rien dire qui n'ait été senti par tous les hommes impartiaux ; mais dans les tems où l'esprit de parti domine, voir et suivre le vrai, est un effort de raison qui n'est presque jamais donné ni à une nation dont toutes les passions s'emparent, ni à un homme que sa place expose aux chocs de tous les intérêts individuels. C'est dans la solitude qu'un ministre trouveroit mieux la solution de ces difficultés qu'il faut comparer seulement à la nature des choses, et les nouvelles de chaque jour, et les conseils de chaque parti ont l'inconvénient terrible de faire prendre un côté de l'objet pour son ensemble, de fausser la perspective en faisant ressortir un seul objet, une seule idée comme l'unique point-de-vue de la combinaison. Je veux écrire quelques-unes des réflexions qui se présentent à moi, et pour me tracer une route à travers les pensées qui se confondent, je les diviserai par une méthode arbitraire qui doit reposer l'esprit sans le borner.

Cet ouvrage sera composé de deux parties : l'une adressée à M. Pitt, l'autre aux Français. Le premier chapitre de la première partie traitera de la force actuelle de la France ; le second de la conduite qu'ont suivie les puissances coalisées ; le troisième des avantages de la paix pour l'Europe. La seconde partie n'aura qu'un chapitre consacré à considérer si la France doit désirer la paix. J'ai été tour-à-tour entraîné

vers ce sujet et repoussé loin de lui.
Quelquefois l'indignation qu'on res-
sent contre les fautes qu'on voit com-
mettre, la foule d'idées simples qui
semblent en démontrer l'absurde, in-
conséquence, vous commandent d'é-
crire. Dans ces momens d'inspiration
raisonnée on a presque l'orgueil de
croire que c'est un devoir de contri-
buer de tous ses moyens à repousser
le fleau qui nous menace, et dans
l'instant qui suit ce mouvement d'exal-
tation, on se demande ce que peut
valoir un livre au milieu de toutes les
fureurs de la vengeance et de la haine?
qui lira tout ce qui n'est pas le décret
qui vous ruine, l'arrêt qui vous con-
damne ou l'issue de la bataille donnée
par vos concitoyens ? Moi-même pendant le règne de Robespierre, lorsque
chaque jour apportoit l'effroyable liste
des victimes dévouées, je ne savois

que désirer la mort, qu'aspirer à la
fin du monde et de cette race humaine,
témoin ou complice de tant d'hor-
reurs; je me serois reproché jusqu'à la
pensée, comme trop indépendante de
la douleur. Une sorte de trêve nous
est accordée, les massacres ont cessé,
la campagne va finir : consacrons ces
instans à quelques idées générales,
dont l'excès du malheur ôtoit la force
d'approcher.

RÉFLEXIONS

SUR

LA PAIX,

adressées à M. Pitt et aux Français.

PREMIÈRE PARTIE.

CHAPITRE PREMIER.

De la force actuelle de la France.

Toute la puissance de la révolution de France consiste dans l'art de fanatiser l'opinion pour des intérêts politiques. Si un homme quelconque avoit de l'influence sur les Français, la connoissance de son caractère, l'examen de son ambition rendroit sans doute faciles les moyens de traiter avec lui ; mais ce sont les idées qui règnent en France à la place des individus. Les Français ont trop de vanité pour se soumettre à un chef ;

le roi se confondoit avec la royauté : c'étoit le rang et non le talent qui le plaçoit au-dessus de tous ; mais celui qu'on choisiroit, qu'on suivroit, qu'on croiroit volontaire-ment, seroit par là même reconnu comme devant à ses talens sa supériorité sur les autres , et cet aveu n'est pas français. -- La découverte de l'imprimerie, en disséminant les lumières , a rendu beaucoup plus rare l'espèce de confiance aveugle qui soumet les soldats à leurs chefs politiques ou militaires; et quand vous ajoutez à la découverte de l'im-primerie celle plus moderne des pamphlets de tous les jours et de toutes les heures, qui s'attachent aux moindres actions d'un hom-me , relèvent chaque ridicule , fortifient chaque soupçon, décident toutes les nuan-ces , on verra que la magie inséparable de la gloire est impossible à conserver. C'est une sorte de prostitution pour elle que cette continuelle observation de tout ce qui la compose et son prestige en est détruit.

On a beaucoup répété qu'il n'y avoit point eu de grands hommes dans cette révo-lution , et moi je crois qu'on peut observer dans diverses époques des efforts de vertu, de preuves de courage, une étendue d'esprit, une audace de crime qui, dans des temps plus reculés, à l'époque même de la révolution d'Angleterre, auroient suffi pour acquérir une véritable influence, et cependant en France aucune réputation n'est restée debout. Jamais les hommes n'ont été que les instrumens de l'idée dominante ; le peuple les a regardés comme des moyens et non comme des chefs. M. Necker avoit marché dans le sens de l'opinion du peuple, tant qu'il le croyoit opprimé ; il le combattit dès qu'il voulut devenir usurpateur : à cet instant même, M. Necker se vit abandonné par tous ceux qui s'attachoient à son char. Mirabeau est mort à tems pour ne pas apprendre l'inutilité des talens, employés à remonter le torrent dominateur. M. de la Fayette, fidèle à son serment, à la constitution, et voulant la défendre contre l'impulsion de la journée du 10 août, de toutes les gardes nationales de France n'a pu conserver que vingt compagnons d'infortunes. Dumouriez, dont les talens militaires ne peuvent être contestés, porté par le flot d'une de ses intrigues, à vouloir relever le trône qu'une autre intrigue lui avoit fait renverser, a fui les poignards de ses propres

soldats qui, nullement instruits de l'opinion
que mérite son caractère moral, ne devoient
voir en lui qu'un brave et victorieux général. Il n'est que Robespierre, dont l'affreuse
puissance a besoin d'être expliquée; mais
s'il est possible de le dire, il s'étoit identifié
avec la terreur, et s'emparant de toutes les
passions haineuses des jacobins, il parve-
noit à leur insçu, à se faire un trône de
l'échafaud, où l'on ne lui destinoit que la
place d'exécuteur; mais dès que cette intention a été manifestée, dès qu'il a voulu pré-
tendre à quelques distinctions dans l'empire
de la scélératesse, on s'est révolté contre
lui. La convention a sans doute été soulevée
par le sentiment d'horreur et d'effroi, que
lui inspiroient ses crimes; mais dans les premiers momens, le peuple incertain ne s'est
rallié à la convention contre Robespierre,
que par la préférence qu'il accorde toujours
à une assemblée sur un homme. Le peuple
ne veut et ne croit s'armer que pour lui-
même; c'est la réunion de ses représentans
qu'il défend dans la convention, et la puissance d'un individu, quel qu'il soit, n'a rien
de démocratique.

On pourroit trouver des idées de liberté dans cet invincible éloignement contre le gouvernement d'un seul, ou l'ascendant du petit nombre ; mais comme ce principe est incompatible avec la stabilité de l'état social il est lui-même destructif de cette liberté dont on le croit la base. Néanmoins ce qu'il importe à la circonstance actuelle, ce n'est pas d'analyser les malheurs incontestables de la révolution de France ; mais d'en juger les effets. Les français réunis contre les étrangers, sont à eux seuls plus forts que toute l'Europe ; et les français sont ralliés par la force de l'opinion publique. Les moyens de l'influencer devoient donc être le premier objet des puissances. On assassineroit, on gagneroit successivement les meneurs de la faction populaire, qu'il s'en représenteroit de tout-à-fait semblables à ceux qu'on auroit écartés. Dès qu'il y a un mouvement public, il crée toujours des hommes pour en profiter. Ce n'est pas, j'en conviens, la majorité numérique de la France, qui est enthousiaste des idées démocratiques ; mais ce sont tous les caractères actifs, impétueux, qui multiplient leur existence par leurs passions, entraînent par leur volonté, et se re-

crûtent de tous les foibles par l'effroi même
qu'il leur inspirent. Les intérêts qu'on oppose à cette impulsion sont d'une nature com-
binée. L'amour de l'ordre et du repos en est
le mobile, et les moyens se ressentent presque toujours de la modération du but. Les
crimes des Jacobins, en les plaçant dans une
situation désespérée, ont rassemblé et doublé
leur force ; la conscience même d'un hon-
nête homme l'isole par ses jouissances ; il y
a peut-être dans la vertu quelque chose de
solitaire et de complet qui s'oppose à l'é-
change, à la réunion d'intérêts qu'il faut
pour former un parti dans les troubles politiques. Enfin les puissances, par l'incertitude de leurs systêmes, par les fautes qu'elles
ont commises, ont empêché le parti contraire à la République, de pouvoir offrir
aucun objet fixe de réunion dans l'intérieur.
La haine contre l'invasion des étrangers
est donc en France une sorte de sentiment
général ; c'est la seule idée qui mette de
l'ensemble dans une nation prête à se dis-
joindre.

Plusieurs mouvemens généreux ont excité
les ennemis mêmes des Jacobins, à ne pas
consentir à recevoir la loi des puissances ;

quelques-unes la redoutoient par la crainte
de nouveaux massacres, que les succès
des étrangers pourroient produire dans
l'intérieur de la France ; d'autres sont encore
fiers de la gloire des armes Françaises, alors
même qu'elles appuyent une opinion contraire à la leur. Les parens, les amis des
soldats qui ont péri dans cette fatale guerre,
se sont aigris par leurs pertes ; un grand
nombre est effrayé par les menaces insensées
du parti des émigrés, et croit de bonne-foi
l'indépendance et l'honneur de la nation
attachés à repousser les étrangers. Enfin
par le concours de tous ces motifs, il est
certain qu'il est bien peu de Français restés
en France, qui ne soient convaincus de la
nécessité de s'opposer au triomphe de la coalition. Quelle force un tel accord ne doit-il
pas donner à la nation ? Que de moyens pour
faire la guerre, quand tout sert à ce but,
même le crime ? Le système d'injustice et
de terreur, qui vient de retomber sur ses
abominables auteurs, multiplioit alors les
féroces victoires des Français. Leurs tyrans,
à l'aide des idées démocratiques, comman-
doient l'enthousiasme au nom de la crainte,
obtenoient à la fois les avantages de ce qui
est volontaire et forcé.

Aujourd'hui qu'un sentiment plus naturel réunit à la cause commune, la France entière est encore à la disposition de la Convention ; ses trésors, c'est la fortune de tous les particuliers ; ses soldats, tous les Français en état de porter les armes ; ses approvisionnemens, les productions du sol de la France. Sans doute l'Empire se ruine, les individus périssent, tous les fléaux tombent à la fois sur cette terre désolée ; mais la France ne peut s'écrouler qu'avec l'Europe. Cet empire entraînera dans sa chûte celle de l'ancien monde, l'Amérique elle-même s'étonnera de la secousse dont les mers et l'espace n'auront pu la garantir.

A-t-on jamais pensé qu'on détruiroit une religion par le martyr ? Eh bien, ce chimérique système d'égalité est une religion politique, dont le tems et le repos peuvent seuls affoiblir le redoutable fanatisme. Il réunit l'enthousiasme exalté qu'inspirent les abstractions méthaphysiques, aux fureurs trop réels que les intérêts de fortune et d'ambition fontnaître dans tous les hommes; c'est du dogme et du pillage, du principe et de l'orgueil. Enfin ces sociétés populaires, ce gouvernement tout en délibération, ont
mis

mis dans la plûpart des têtes une passion
de raisonnement, un besoin de faire effet
qui les rend beaucoup plus susceptibles
d'enthousiasme ; et les succès et les revers
de la guerre, et son but et son danger sont
des moyens toujours renaissans d'enflam-
mer les têtes ardentes.

Sans doute il y a tant de victimes de la
révolution, tant de malheurs causés par
elle, qu'elle doit avoir beaucoup d'ennemis ;
mais s'ils ne sont pas contenus à la paix par
un bon gouvernement, c'est dans une guerre
civile qu'ils éclateront ; c'est entre les Français que le destin de la France se décidera ;
mais tant que l'on voudra leur opposer des
étrangers, ils se battront, ils triompheront,
leur gouvernement marchera par l'impulsion
même des obstacles extérieurs qu'on lui op-
posera, et personne ne peut répondre du
terme de leurs succès.

Toutes les nations du monde ont dans
leur sein des mécontens du gouvernement
établi, soit qu'il n'en existe aucun qui n'ait
commis quelques fautes, aucun qui puisse
également satisfaire l'ambition de tous, soit
parce que l'homme est malheureux sur

B

cette terre , qu'il ne peut s'attacher qu'à ce
qu'il ne connoît pas ; ces mécontens sont
dans tous les pays les alliés de la révolution de France. L'intérêt des propriétaires
devroit les animer contre les Français ; mais
tous les hommes heureux font des calculs
individuels ; ils songent à ce qu'ils peuvent
sauver de la ruine de leur pays : et ce soin
les distrait de celui de le défendre. D'ailleurs la terreur qu'inspirent les armes Françaises s'accroît chaque jour ; d'abord on les
méprisoit trop : maintenant on les redoute
au-delà même de leurs forces ; leur impé-
tuosité , leurs opinions , leurs crimes mêmes
en ont fait une espèce d'hommes à-part.
Leur guerre est un danger nouveau , auquel
on ne se sent pas préparé. Elle se trans-
forme dans la pensée en fléau de la nature ;
on s'y soumet comme à la nécessité.

Il faudroit donc , dira-t-on , adopter le
gouvernement de Robespierre , si les Français vouloient encore l'établir ! Non , ce sys-
tême épouvantable est un phénomène que
la nature ne peut pas deux fois reproduire ;
non , je ne crois point encore l'ordre social
renversé , la pitié bannie de la terre , l'homme
se consacrant à la destruction de l'homme ,

l'athéisme devenu la superstition du peuple, la propriété attaquée par toutes les loix, la société seulement instituée pour qu'en rassemblant les individus dispersés, elle rapprochât plus sûrement la victime du sacrificateur. Il faut ramener les Français et le monde avec eux à l'ordre et à la vertu ; mais pour y parvenir , on doit penser que ces biens peuvent être unis à la véritable liberté ; marcher avec son siècle, et ne pas s'épuiser dans une lutte rétrograde contre l'irrésistible progrès des lumières et de la raison.

CHAPITRE II.

De la conduite qu'ont suivie les puissances coalisées.

JE ne remonterai pas à l'origine de la guerre, pour démêler avec certitude qui de l'Europe ou de la France doit s'en reprocher davantage l'origine. Cette guerre une fois déclarée, le triomphe en étoit le but; les puissances ont-elles adopté, continuent-elles à suivre les moyens de l'obtenir ? Le chapitre précédent résoud presque cette question. On ne pouvoit vaincre la France que par l'appui des mécontens, qui auroient appelé les puissances à leurs secours; ont-elles eû l'art de rallier à elles l'estime et la confiance des Français ? Si les gouvernemens ont pris pour conseils les opinions des émigrés de Coblence, s'ils se sont attachés à l'esprit de parti qui borne les idées en exaltant les espérances, ils se sont absolument éloignés de ce point de sagesse qui, placé à une distance égale des exagérations contraires, devient le centre où toutes les opinions se rallient.

Les pensées de Rousseau , les plaisan-
teries de Voltaire, le ministère de M. de
Calonne , les vacillations de l'archevêque
de Sens , les discussions de l'Assemblée
constituante , trois ans de révolution enfin
avoient avancé toutes les opinions fort au-
delà même du terme des principes raisonnables ; et les émigrés pour s'en préserver ,
reculoient aux préjugés du XIV.ème siècle ;
ils vouloient qu'il ne restât rien d'une révolution qui avoit remué toutes les passions
des hommes ; ils ne voyoient qu'une émeute
dans une ère de l'esprit humain ; enfin trai-
tant des questions politiques comme des
principes de foi , ils rejettoient , comme de
véritables hérésies, les considérations tirées
de ce qui est utile , de ce qui est sage , de
ce qui est possible même , et transportoient
dans les opinions politiques ce despotisme
religieux, qui commande de croire et dis-
pense d'expliquer.

Des hommes si infortunés doivent obtenir tous les genres d'indulgence pour leurs
erreurs, excepté celle de les adopter ; et
c'étoit perdre leur propre cause , que suivre
un jour leurs conseils. Il entroit dans leur
système, ou plutôt dans leurs passions ,

d'effrayer la France par leurs menaces,
avant de pouvoir inspirer la moindre confiance dans leurs forces. Au lieu de se hâter
de personnaliser leur haine, de nommer avec
précision la liste des assassins contre les-
quels ils vouloient sévir, ils professoient
une intolérance politique, qui enveloppoit
de la même proscription presque tous les
habitans de la France, et faisoient redouter
les émigrés du plus obscur paysan, qui
s'étoit affranchi des dixmes, comme du
général qui avoit gagné des batailles ; du
sage ami de la liberté, comme de l'assassin forcené de Louis XVI ; enfin, on
a repoussé jusques à ceux qui vouloient
revenir aux opinions même de Coblence ;
ce parti plus pur en aristocratie que les
congrégations les plus austères ne le sont
en religion, a rejetté toutes les con-
versions.

Des chefs habiles parmi les républicains
se sont offerts et ont été refusés ; les
hommes fidèles à la constitution qui con-
sacroit le trône et la maison de Bourbon,
s'ils s'étoient présentés, auroient été trou-
vés trop coupables pour qu'on pût se
rallier à leur courage et à leurs lumières.

On eût dit qu'on faisoit un choix pour la table ronde du roi Arthur, quand il s'agissoit d'obtenir la majorité dans une nation de vingt-quatre millions d'hommes, qui savent lire et vivent sous le dix-huitième siècle.

Par un contraste bizarre, les puissances n'ont pas toutes montré aux émigrés l'humanité qu'ils méritoient ; elles ne se sont point partagé, comme elles l'auroient dû, le soin de leur existence et de leurs asyles ; mais elles se sont distribués leurs opinions ; on les croit et on les chasse. C'est l'opposé de ces deux partis qui eût été spirituel et bon.

Dumouriez a émigré : sa défection a valu aux puissances la Belgique, les places frontières de France, et, comme si le but avoit été de détourner tous les généraux de la république de suivre jamais un pareil exemple ; on le poursuit d'asyle en asyle, on épouvante de son sort, quiconque voudroit l'imiter ; enfin, et cette pensée saisit d'une indignation, d'un caractère plus relevé, l'affreuse captivité de Mr. de la Fayette soulève l'ame, avant qu'il soit besoin de la condamner par

d'autres motifs, et l'on s'efforce en vain
de comprendre comment l'humanité qui
commande aux caractères généreux le sacrifice des plus grands avantages politiques,
ne peut pas même éclairer les puissances
sur le plus évident de leurs intérêts personnels.

Mr. de la Fayette refuse d'être nommé
général de l'armée républicaine, et rallie
son armée au serment qu'il avoit fait à la
constitution et au roi; il est abandonné,
proscrit par les jacobins, forcé de traverser
l'armée des alliés pour se rendre en Amérique : les ennemis de ses ennemis l'arrêtent
au mépris de toutes les loix comme de tous
les calculs, et depuis deux ans Mr. de la
Fayette languit avec ses estimables compagnons dans un cachot horrible. Tout
périt en lui, hors son courage, hors sa réputation, que cette atroce persécution a
préservée des reproches qu'on auroit pu
faire à son repos.

Les puissances ont-elles voulu par ces
actes rivaliser avec les jacobins ? Les gouvernemens ne devoient les combattre que
par l'ascendant de la justice. Il n'y avoit
que des vertus à opposer à toutes les séduc-

tions du crime ; mais l'on s'est démandé souvent , si des missionnaires de chaque parti n'étoient pas dans l'armée contraire , et si la plupart des argumens de chaque cause n'étoient pas tirés des fautes de ses adversaires ?

Il existe encore entre les opinions extrêmes d'autres points de ressemblances. Un jour peut-être on essayera de révéler le traité secret des jacobins, et des aristocrates , pour anéantir ensemble tout l'intervale de raison qui les sépare ; on diroit qu'ils creusent sous la France une mine en sens contraire , qui se rapproche à mesure qu'elle avance , et doit se réunir par l'écroulement universel. Les monarchistes , les constitutionnels , les modérés , tous ceux qui dans les tems d'esprit de parti échappent à la fureur et à la stupidité des idées absolues , donneroient certainement des conseils plus sages et plus éclairés.

La constitution de 1789 , malgré ses défauts , a mille fois plus de partisans en France que l'ancien régime ; ce n'est point un étendard qui puisse épouvanter le nombre infini de Français, qui depuis cinq ans ont pris part à la révolution , et qui voyent

dans la captivité de Mr. de la Fayette
l'éclatant augure de leurs destinées parti-
culières ; ce n'est point un étendard qui
puisse faire craindre au peuple le rétablis-
sement des droits féodaux, des dixmes, des
gabelles, la perte de tous les avantages
réels, qu'il croit devoir à la première révolution ; c'est un parti plus analogue à la
masse des opinions de l'Europe et de la
France ; mais il valoit encore mieux parler
à la nation de son indépendance dans le
choix d'une forme quelconque de gouvernement, lui déclarer unanimément qu'on
ne vouloit que la délivrer du joug des bri-
gands, et préserver ainsi l'Europe d'une
desorganisation générale. N'étoit-il pas trop
heureux pour les rois d'avoir à défendre leurs
couronnes au nom de la sûreté de tous les
honnêtes gens, de tous les propriétaires,
de l'ordre social, attaqué par des principes
destructeurs ? Les jacobins vouloient sans
cesse présenter ce grand débat comme la
cause particulière des rois et des nobles ;
leurs ennemis, par un soin contraire, devoient populariser leurs intérêts en les confondant avec le danger universel. Il falloit
admettre tous les partis hors celui du crime,

tous les systêmes hors celui de l'anarchie, tous les gouvernemens hors celui de la mort.

Le grand tort des cabinets de l'Europe a été de ne jamais se décider par la prévoyance. Toutes les révolutions ont suivi les événemens au lieu de les précéder ; personne n'a voulu céder ce qu'il alloit perdre, et cette résistance mal calculée a ébranlé successivement tous les droits qu'on appuyoit l'un sur l'autre ; il falloit que la royauté se séparât de la féodalité, et s'unît seulement à l'intérêt de la propriété, sans laquelle il ne peut exister ni rois, ni nobles, ni nations civilisées.

On a voulu penser à s'indemniser des frais d'une guerre, dont le salut de l'Europe devoit certes être considéré comme une suffisante récompense ; on a appliqué toutes les idées communes de l'expérience à un événement qui la recommençoit toute entière. L'heure des tems n'a point été entendue, et les jours se sont écoulés sans qu'on rapportât leurs résultats à un point-de-vue général. Les différens systêmes adoptés par les puissances, la constitution de 1789, proclamée à Toulon, l'empereur à Valen-

ciennes, l'ancien régime à la Vendée, loin
de rallier aux étrangers des opinions contraires, les ont toutes aliénées. Il y a dans
cette incertitude une apparence de foiblesse
ou de mauvaise foi, destructive des avantages de chaque parti. D'ailleurs c'est presque toujours le caractère des hommes dont
on s'entoure, qui donne une couleur mar-
quante à l'étendard que l'on adopte. Il suf-
fisoit que les puissances employassent des
émigrés célèbres dans l'aristocratie, pour
persuader à la France qu'elles se battoient
pour leur cause, et faisoient une querelle
de parti de la question la plus générale qui
ait jamais existé.

La plûpart des fautes que les puissances
ont commises, peuvent être attribuées à leur
confiance dans les cris et les espérances des
émigrés aristocrates ; mais si trop irrités des
conseils que ce parti leur a donnés, les puissances ne s'occupoient pas à la paix des
malheureux individus qui le composent, si
elles oublioient qu'il est de leur dignité de
soulager la destinée qu'elles ont protégée,
que de reproches ne mériteroient-elles pas !
Et néanmoins comme toutes les vertus sont
en harmonie avec les idées raisonnables, on

verra peut-être les gouvernemens qui ont
sû conserver la neutralité, plus occupés
d'adoucir le sort des émigrés, que les pays
qui ont à se repentir d'avoir adopté leurs
systêmes. Maintenant, sans doute, il n'est
plus tems pour les puissances alliées de
captiver l'opinion publique en France; l'in-
cohérence des systêmes adoptés par la coalition, lui a fait perdre la considération
qu'elle devoit obtenir. L'emprisonnement
de la Fayette, l'exil, les persécutions de
tout genre, qu'on a fait éprouver à tous
ceux dont l'opinion étoit différenciée même
par des nuances de celle que les gouvernemens exigeoient, ne permettent plus de
se confier à la tolérance politique des cabinets de l'Europe.

Lorsqu'on voit les agens de l'Espagne
surpasser à St.-Domingue les massacres du
deux Septembre; quand la Pologne n'a pu
se donner en paix une constitution qui
maintenoit la noblesse et l'hérédité du trône,
et dont le seul but étoit d'affranchir ce
malheureux pays de la domination exté-
rieure, et des excès de la servitude féodale,
on croira difficilement que les gouvernemens étrangers adoptent sincèrement le

système qui auroit pu soumettre l'opinion
des Français à l'ascendant des puissances ;
d'ailleurs il est dans la nature des hommes
de ne se rallier qu'aux heureux, d'être
convaincus par les succès, et de mépri-
ser tous les partis commandés par la
nécessité : la prévoir avant qu'elle soit
généralement reconnue, c'est le premier
talent d'un homme-d'état ; mais les dangers
de la continuation de la guerre, sont d'une
telle évidence dans l'état actuel qu'il reste
à peine le tems de devancer à cet égard la
force des choses, et je me reprocherois cet
examen du passé comme une discussion fri-
vole, comparée à l'importance du présent,
s'il n'y avoit pas une connection intime
entre la conduite tenue pendant la guerre
et les avantages de la paix.

C'est assez parler néanmoins de ces fautes
désastreuses, dont la violence des évènemens et des passions qui ont agité toutes
les têtes, est peut-être une suffisante excuse.
Jettons les regards en avant, les individus
se consument dans le regret du passé ; mais
les gouvernemens stipulent au nom des gé-
nérations, pour lesquelles l'avenir ne peut
cesser de se renouveler.

CHAPITRE III.

Des avantages de la paix pour l'Europe.

La paix ! voilà le cri de la terre fatiguée de carnage ; la paix, voilà le vœu de la raison et de l'humanité. Toutes les ames honnêtes doivent la souhaiter en France, tous les esprits éclairés en Europe. Lorsque la Pologne, avec un pays tout ouvert, une population de six millions d'hommes, a pu balancer long-tems les forces des deux plus formidables puissances militaires, et n'a du ses revers qu'à la perte de son victorieux général (*) : quel espoir de succès peut-on conserver contre un empire de vingt-quatre millions d'habitans, entouré de places fortes, et dont les armées sont déjà placées par leurs conquêtes à trente lieues en avant de leurs propres ramparts ?

(*) On vient d'apprendre la prise de Kosciusko : peu d'évènemens ont dû produire une impression aussi douloureuse. Cet homme qui a repoussé de son pays l'exemple des Jacobins, qui attachoit à la cause de la liberté toutes les anciennes idées que les Français en ont violemment séparées, se perd par l'imprudence de son courage.

La Prusse occupée à se maintenir, ne
peut plus aider la coalition; l'Autriche est
épuisée; la Hollande presqu'envahie; toutes les puissances, hors l'Angleterre,
tendent à la paix : soutiendra-t-elle seule
le poids de cette énorme guerre ? a-t-elle
des hommes, des Anglais à sacrifier contre
cet essaim de Français, dont on ne ménage
point la vie, dont la mort même peut sem-
bler utile à l'établissement d'un ordre quelconque en France ? Les gouverneurs n'ont
que les ressources de l'état social; en France
on se sert à la fois des passions naturelles
et des ressorts politiques. Ce sont des esprits sauvages qui ont hérité de tous les se-
crets de plusieurs siècles de civilisation.
Est-il besoin de démontrer la supériorité
qu'ont acquise les armes françaises sur celles
des puissances coalisées ? faudroit-il dé-
tailler douloureusement chaque revers ?
Le Rhin couvert de fugitifs de toutes les
nations, la Hollande ou conquise, ou

Il souffre plus que la mort, puisque les dernières pa-
roles qu'on a recueillies de lui en expriment le désir,
et personne ne peut désormais rien pour lui. Quelle
amère pensée pour la nation qu'il a si bien servie,
pour les amis qu'il a mérités !

prête

prête à s'ensevelir sous ses digues, sont des tableaux dont l'ame veut se détourner, après en avoir arraché les résultats nécessaires.

Les gouvernemens ne peuvent les nier ; mais quelques-uns se sont persuadés qu'ils sont menacés plus éminemment encore par la paix que par la guerre, et que c'est à l'époque de la reconnoissance de la république française, que l'insurrection éclatera dans l'intérieur de leur pays. On ne peut penser à combattre un tel argument, qu'après avoir appris son influence. Qu'est-ce d'abord que cette reconnoissance de la république française, à laquelle les souverains attachent tant de prix ? ce message diplomatique qui dans l'état actuel ne changera rien à la stabilité du gouvernement de France ? Il est bien certain que les Français aujourd'hui conserveront et maintiendront leur indépendance dans le choix de la constitution qu'ils se donneront ; il s'agit donc de reconnoître ce qu'ils sont, et non ce qu'ils doivent être.

Les puissances par cet acte ne sanctionneront point telle forme de gouvernement ;

C

elles diront qu'il existe, et les peuples comme les rois n'en peuvent douter ; mais ce ne sera pas l'ambassadeur que les rois enverront à la république française, qui décidera les peuples à se révolter contre eux ; ont-ils besoin, pour ainsi dire, de la sanction même du trône, pour se décider à le renverser ?

En restant toujours étrangers aux troubles de l'empire voisin, en appaisant les discussions politiques par la cessation de tous les genres de luttes contre la république française, en ne rivalisant avec elle que par le bonheur et la justice, on peut isoler les peuples de cette révolution de France, dont il faut circonscrire l'expérience dans son sein. Sans doute, une guerre heureuse n'étoit point soumise à ces considérations ; des succès sont une idée simple, dont l'effet est presque général ; mais ces revers multipliés, dont les esprits les plus exagérés ne peuvent espérer le terme que dans une longue persistance, useront l'Europe et l'Angleterre avant une année. Il est clair que la France maintenant veut poser elle-même une borne à ses conquêtes ; mais si la paix n'est pas conclue

cet hiver, il est impossible de prévoir au
centre de quel empire les Français la refu-
seront l'année prochaine. Il y a trop d'o-
pinions mêlées à cette guerre, pour que ses
succès ou ses revers ne soient pas conta-
gieux; ils sont tous entraînés l'un par l'autre,
et dès que le découragement s'est empiré
d'une cause, personne ne peut prévoir à
quels maux il s'arrêtera. D'ailleurs les gouvernemens perdent par la guerre tout ce
qui seroit à leur avantage dans la compa-
raison habituelle de l'état d'une nation or-
ganisée, avec une nation travaillée par les
mouvemens révolutionnaires; le numéraire
opposé aux assignats, l'abondance à la di-
sette, la liberté à la sécurité de toutes les
actions de la vie, comparées avec les loix
arbitraires et tyranniques, que la crise de
la France a fait naître, les ménagemens de
tout genre, auxquels sont nécessairement
astreints les gouvernemens dirigés par un
seul ou par le petit nombre, en contraste avec
la violence d'un état de choses, qui ne se
soutient que par le fanatisme, et pèse sur les
individus du poids de toute la masse; mais
le recrutement, les impôts, les mesures
enfin qu'exige la guerre, ne permettent pas

C 2

aux peuples de juger tranquillement ces
bienheureuses différences ; ils souffrent,
et sans balancer les malheurs contraires,
leur pensée se tourne alors vers les Français, vers une situation opposée à la
leur, quoique mille fois plus terrible encore ; les pays neutres sont tous éloignés
d'imiter l'exemple des Français (1) ; le
Danemarck, la Suède et la Suisse, sont les
plus heureux états de l'Europe ; à la paix
ils rentreroient tous dans la situation de
ces trois puissances, et pourroient attacher
leurs peuples par les mêmes moyens. Les
insurrections contre les gouvernemens éta-
blis, commencent toujours par la résistance
aux demandes d'hommes ou d'argent, dont
la guerre impose la nécessité. Si le roi de
France n'avoit point eu dans ses finances
un désordre, qui le forçât de solliciter des
secours de sa nation, la révolution eût peut-

_____

(1) Mr. de Bernstorff a acquis la plus grande et
la plus désirable considération en Europe. --- La
Suède doit sa tranquillité au système de Neutralité,
adopté par la sagesse du régent, et la Suisse, en-
vironnée de toutes parts par les désastres de la révolution et de la guerre, jouit d'une paix profonde
à travers tant de dangers.

être été retardée d'un siècle. La force d'i-
nertie est le plus puissant moyen des sujets
contre les gouvernemens.

Mais quand la paix auroit permis d'allé-
ger les impôts, au lieu d'en exiger de nouveaux, quand il n'existeroit aucun motif
populaire de mécontentement, quand l'insurrection seroit, pour ainsi dire, toute
entière de la création des conjurés, rien
ne seroit plus facile que d'étouffer un mouvement sans cause et sans moyens réels.
Le gouvernement qui peut le prévoir, est
presque toujours à tems de l'empêcher ;
mais qui oseroit répondre des évenemens
de la guerre et de leur effet ? Comme tout
est inattendu dans une situation aussi vio-
lente, rien ne peut se calculer dans les
ressources qu'il faut lui opposer ; on a
peur de la contagion des principes français, insinuée par les journaux, par les
voyageurs, et l'on n'est pas effrayé de
l'impétueuse doctrine des triomphes ? La
classe du peuple n'est presque jamais re-
muée que par des circonstances éclatantes ;
la plupart des nouvelles étrangères ne lui
parviennent point dans un tems de calme,
et rien n'est plus aisé que de l'en distraire ;

mais les villes prises , les batailles gagnées troublent les paysans jusques dans leurs chaumières ; ils se mêlent avec les armées françaises , et dix ans de cet esprit propagandiste , dont l'arme méthaphysique a tant épouvanté les puissances , ne sont pas redoutables comme un jour d'assaut et des cris de victoire.

La valeur et l'énergie que les Français ont montrées dans cette guerre , relèvent leur caractère aux yeux de toutes les nations; s'ils n'avoient offert en spectacle que leurs débats intérieurs ; s'ils n'avoient fait que répandre sur les échafauds le sang des innocens , des femmes , des vieillards et des enfans, ils seroient tombés dans le dernier dégré de l'avilissement du crime ; mais de si grands efforts de courage ont changé le mépris en terreur ; et chaque jour, en renouvellant les triomphes des Français, donne parmi les esprits foibles, parmi la plupart des hommes un nouvel ascendant à leurs opinions. Enfin, si à la paix, les Français ne peuvent pas, ne savent pas fonder leur république sur de véritables bases sociales, les convulsions dont ils seront déchirés, inspireront de l'horreur pour leur situation,

et comme tout tend au repos dans la nature,
après une guerre civile, après de longs
malheurs qui détourneront toujours plus
les peuples voisins d'un si funeste exemple,
l'impossibilité de la république ramenera
les Français à leurs premiers vœux, à la
monarchie limitée. Si au contraire le parti
des modérés triomphe, s'il est possible
qu'on trouve dans la constitution de l'Amérique une forme de république véritablement
applicable, les principes de justice universelle, les vertus les plus austères d'une
république s'établiront en France, et les
gouvernemens resteront en paix auprès d'un
voisin qui n'aura plus ni royauté, ni féodalité ; mais qui sera délivré de ce système
anarchique, seul fatal à la véritable tranquillité de l'Europe.

Toutes les passions qui nuisent à l'établissement d'un gouvernement quelconque,
servent aux Français de moyens pendant la
guerre, la raison et la vertu doivent plier
les voiles pendant cet orage, attendez et
laissez passer ; maintenez - vous dans vos
foyers, respectez l'humanité, conservez la
religion, que tout soit chez vous en contraste avec les Français, vous ne pouvez

jamais les vaincre avec des armes semblables aux leurs, celles dont ils se servent sont forgées dans l'enfer d'une révolution, et les malheurs et les crimes mêmes en ont acéré la trempe.

Mais qui nous répondra, dira-t-on, que les Français ne recommenceront pas la guerre le lendemain de la paix ? Le licenciement de l'armée, les objets d'ambition ou d'agitation intérieure qui vont occuper tous les individus qui la composent, l'épuisement de toutes les ressources naturelles, et l'impossibilité de faire renaître, alors qu'aucune crainte ne l'excite, le fanatisme qui porte à braver tous les genres de fléaux et de misères. Enfin l'inquiétude même qui se porte sur la durée de la paix, est une nouvelle preuve de sa nécessité, et le danger de l'Europe est tel, qu'il ne lui reste plus que la probabilité pour ressource.

La dernière, la plus importante de toutes les questions, c'est de savoir si les Français voudroient la paix, s'il existe un moyen de les y décider. Il me semble qu'on peut croire que le parti modéré, qui depuis quelque temps domine dans la Convention, est fort rapproché des idées

)

de paix, et il n'est pas difficile de démontrer qu'il ne peut se maintenir que par
elle. Il faut, si cela est nécessaire, donner
de mille manières différentes à la France
la certitude que les puissances désirent la
paix, sont disposées à reconnoître la république, et ne veulent plus attenter en
aucune manière à l'intégrité de la nation
française ; on affoibliroit entièrement par
là l'enthousiasme des Français pour une
guerre, dont en ne voyant plus le but,
ils ne sentiroient que les maux ; le ressort de l'indignation et de la crainte seroit
détruit, et l'armée sentiroit bientôt que
la Convention ne voudroit la guerre que
pour faire périr un plus grand nombre
d'hommes, et reculer le terme des pro-
messes de bonheur, de repos et de liberté,
tant de fois répétées aux malheureux Français qui s'immolent pour leur patrie.

Enfin, et Mr. Pitt le sait peut-être
mieux que personne, il existe depuis deux
mois beaucoup de moyens de terminer la
guerre ; non, si l'on parle d'indemnisation
de ses frais, si l'on veut obtenir des revers
les mêmes résultats que des triomphes,
si les rivalités avec la France, les vieux

calculs d'une ancienne politique servent
encore de guide dans le nouveau monde,
où nous avons été transportés depuis cinq
ans : mais elle est possible, elle se con-
cliera cette paix tant désirée, si l'on cesse
de disputer le terrein, que le volcan menace d'engloutir, si l'Angleterre considère
le danger de l'Europe comme sa propre
cause, et perd l'espoir insensé de rester
debout sur les ruines de l'ordre social.

La coalition fatiguée n'est soutenue que
par les subsides de l'Angleterre ; les impôts sont portés à l'excès ; les fonds bais-
sent ; l'Amérique s'enrichit déja des pertes
de l'ancien monde ; la prospérité de l'Angleterre, chef-d'œuvre de son gouvernement et de son commerce, ne pourroit
résister à des troubles intérieurs. Les
revers de la guerre usent l'enthousiasme
national. —— la guerre excite les Français
à vouloir ébranler la base de tous les
gouvernemens par cet esprit sectaire, par
cette fureur politique qui a pour but l'espoir présent de toutes les jouissances de
ce monde ; les préjugés sont renversés, les
principes sont isolés de tous ces sentimens
d'habitude et de religion, qui se pla-

çoient en avant d'eux, pour leur servir
de remparts.

La paix n'est-elle donc pas nécessaire
pour arrêter tant de fermentations? Loin
de prolonger les troubles de la France,
est-il un pays plus intéressé que l'Angleterre
à les calmer? Et son gouvernement n'a-
t-il pas aussi besoin de la paix pour faire
ressentir tous les biens qui sont dûs au
maintien de l'ordre et de la justice? Mr.
Pitt ignoreroit-il seul les dangers qu'il fait
courir à l'Angleterre; ne voit-il pas combien tous les ressorts du gouvernement
sont tendus; n'est-il pas effrayé de ses
richesses mêmes qui ne sont accrues que
par la ruine de ses alliés; ne sent-il pas
trembler sous ses pas cette terre si culti-
vée? L'opinion publique, formée par tous
les propriétaires qui se sont ralliés autour
de Mr. Pitt, ne doit pas servir à l'égarer;
il sait bien qu'il éprouve la réaction du
mouvement qu'il a donné, que c'est en
persuadant aux propriétaires que la guerre
seule pouvoit défendre la nation de la
contagion des principes français, qu'il
s'est entouré des partisans de la guerre;
mais ces mêmes hommes, uniquement

attachés au succès, approuveront ou blâ-
meront selon l'issue des efforts. Ce n'est
pas Mr. Pitt, qui croit avec le conseil
de Coblence que la dangereuse et vaine
bravade de la reconnoissance du Régent,
auroit un autre effet en France que de
fournir un sujet de comédie, ou le refrein
d'une chanson. Ce n'est pas Mr. Pitt qui
peut voir dans un emprunt, dans une
levée d'hommes nouvelle, une ressource
suffisante ; loin d'opposer une digue au
torrent, ce seroit placer plus près de son
cours les richesses de tout genre qu'il
doit encore dévaster ; quel motif donc
éloigne Mr. Pitt de consentir à la paix ?
Est-ce parce qu'il est peut-être difficile
qu'il soit chargé de la conclure, et qu'ho-
norablement proscrit par les Français, il
doit remettre à d'autres mains les soins
de cette bienfaisante négociation ? faut-il
que son caractère permette un tel soupçon, n'est-il plus d'Angleterre, si Mr. Pitt
n'en est pas le ministre ? prétend il à la
gloire de celui qui s'ensevelit sous les
ruines du temple qu'il avoit renversé de
sa propre main ?

C'est Mr. Pitt que les Français accusent de la guerre, c'est pour lui seul à présent que les Anglais la soutiennent ; on pourroit s'arrêter à reprocher les fautes sans nombre que Mr. Pitt a commises dans la direction de cette même guerre ; mais c'est la paix qu'il faut lui demander, ou plutôt c'est à la nation à juger s'il lui convient mieux de supporter tous les malheurs qui la menacent, que de se confier à l'homme qui dans ces tems de crise a contenu l'opposition dans les bornes de la constitution, à celui qui est resté fidèle à son opinion alors qu'elle éloignoit de lui la popularité comme le pouvoir. La guerre maintient Mr. Pitt dans le ministère ; la paix y rappelleroit Mr. Fox : voilà la véritable alternative qu'il faut présenter aux Anglais ; il n'en est point d'autres à craindre, elle seule épouvante Mr. Pitt ; est-ce à la nation à penser comme lui ? Ce n'est plus une guerre où l'erreur d'un ministre peut être payée par la génération qui l'a vu naître ; il y va de l'existence même de cette Angleterre, la gloire du monde et de la liberté. — Ombre de Mylord Chatam, apparoissez à votre fils, éclairez-le par votre génie, ou du fond de la tombe redemandez-lui votre nom !

SECONDE PARTIE.

Réflexions adressées aux Français, si la France doit désirer la paix.

Pendant le règne de Robespierre, le culte de la terreur et l'empire de l'échafaud, on détournoit les regards de la France; tous ces esclaves de la mort, repoussant les ennemis pour obéir à leur tyran, bravant les étrangers pour échapper aux bourreaux, intrépides par désespoir, calmes par abattement, n'inspiroient que de l'horreur pour la nation et pour la liberté, dont l'étendart, souillé de sang, ne pouvoit plus se reconnoître. L'énergie que la Convention a montrée dans l'accusation de Robespierre, les idées de justice qui succèdent à ces exécrables massacres, le besoin que le peuple a témoigné de rejetter tous les crimes commis sur l'infame nom de Robespierre, raniment au moins les vœux des amis de la France et de la liberté. Toutes les deux seroient perdues, tant de biens et tant de vertus attachés à leurs noms, ne retraceroient plus désormais que des fléaux et des crimes? non, l'on ne peut encore se résoudre à le penser.

Pardonnez, victimes innocentes, pardonnez, vous qui pleurez la perte de tout ce qui vous fut cher, vous pour qui le tems n'a plus d'avenir, et qui ne pouvez plus contempler dans la France que le vaste tombeau de vos amis, pardonnez à ceux qui vivent, à ceux qui ont sauvé de la fureur révolutionnaire les premiers objets de leur affection, d'essayer de se rattacher à leur malheureuse patrie, et de souhaiter encore, quand pour vous il n'est plus que des regrets. Il y a dans la révolution de France des principes de vie et de destruction, des pensées régénératrices et des systèmes désorganisateurs. Le siècle est grand, les hommes sont corrompus, et les spectateurs qui veulent se livrer à un sentiment décidé, sont nécessairement injustes. Les uns excusent des crimes qui font frémir l'humanité, les autres repoussent des idées dont l'équité est évidente. Qu'ils seront dignes de gloire, ceux qui prononceront l'époque actuelle en faveur de l'ordre et de la vertu, et nous sauveront de tous les extrêmes renaissans les uns des autres.

Seroit-il difficile de prouver à-la-fois, que la paix est l'intérêt de la France comme celui des puissances ? Il y a assez d'espace dans un tel bien, pour que les adversaires puissent également y trouver leur avantage. Je ne considère dans la France que le parti modéré ; l'autre n'ayant pour but que la destruction de la France, doit être compté parmi ses ennemis. La continuation de la guerre sert les projets des anarchistes ; les motions impétueuses, les conseils atroces, les mesures violentes, tout ce qui désorganise un état, est confondu par le peuple avec l'esprit militaire ; ce qu'il y a de dangereux, d'inattendu dans les vicissitudes de la guerre, semble affranchir du joug réglé des loix ; et ces factieux qui ne repoussent, qui ne partagent aucun des dangers de la patrie, par leur agitation stationnaire semblent s'associer aux succès même des armées. Le peuple ne peut être parfaitement rassuré sur son indépendance qu'à la paix. Tant que des inquiétudes pourront lui

rester

rester à cet égard, les conspirations, les rassemblemens d'aristocrates, toutes ces terreurs qu'on devroit réserver pour les contes destinés à frapper l'imagination des enfans, pourront être renouvellés. Les revers possibles, les fléaux certains d'une longue guerre, ne ramenent point la multitude aux amis de la paix, c'est une observation à faire sur l'esprit du peuple, que les factieux s'emparent beaucoup plus aisément de lui quand il souffre ; le raisonnement devroit le conduire à revenir aux idées sages dont l'oubli l'a rendu malheureux, et par un effet contraire la douleur même, causée par les mesures violentes qu'il a prises, le porte à en désirer de plus violentes encore. C'est dans un moment de trêve qu'on peut lui faire aimer la paix, c'est dans un instant de relâche qu'il apprend à souhaiter le repos ; enfin pour que le parti des modérés, des amis d'un gouvernement libre, conserve son influence, il faut qu'il signale l'époque de son pouvoir par des droits particuliers à la reconnoissance publique.

On est blasé sur les succès de la guerre ; Robespierre lui-même peut en réclamer quelque honneur. On n'ira pas plus loin dans la carrière de la popularité; que dis-je? le crime même est épuisé, et la puissance de la mort s'est presque anéantie devant le carnage de ses victimes; ce n'est donc que par la justice et la paix, que par des biens réels, substitués à tous les prestiges de la fureur et de l'enthousiasme, qu'on peut espérer d'acquérir et de conserver une nouvelle influence sur les Français. Il y a trop d'évidence dans ces réflexions, pour qu'il fût même besoin de les énoncer, si deux objections fortes ne restoient pas à résoudre, l'effet du retour et du licenciement des armées françaises, l'inquiétude des révolutionnaires de la Convention sur leur existence après la paix. Il faut approcher ouvertement ces deux grandes questions.

On peut par des paix partielles parvenir à licencier successivement les armées. Celles qui resteront, serviront d'abord à contenir celles que l'on renverra, et comme les individus qui les composent, appartiennent à tous les départemens de la France, en se répandant sur sa surface, ils ne formeront point de rassemblemens

redoutables. Si la paix : nérale et le ren-
voi de toutes les troupes s'exécutoient en
un jour, peut-être seroit-ce une commotion
redoutable ; mais quelques gradations
observées, quelques mois écoulés, atté-
nueront cet événement, et fondront nécessairement les soldats parmi les citoyens.
D'ailleurs le parti modéré doit s'emparer
de l'ascendant sur l'armée, en lui faisant
sentir une vérité bien frappante : c'est
qu'on ne peut continuer la guerre à présent que dans l'intention de faire tuer
les soldats, dont le retour dans leurs foyers
inquiète les diverses factions qui se combattent à Paris.

Les armées doivent être nécessairement
opposées aux Jacobins ; la bravoure exclud
la férocité ; le sincère amour d'un gouvernement libre appartient à ceux qui
ont fait de vrais efforts pour l'obtenir,
et les guerriers victorieux, après de si
pénibles campagnes, sont les amis éclairés
d'une paix honorable. Il est certain qu'a-
vec la simple adresse que permet la vérité,
les soldats, redevenus citoyens, doivent
soutenir le parti modéré ; il est le seul qui
veuille une constitution ; il est donc le

D 4

seul qui leur pr pose une garantie pour
les récompenses qui leur sont promises ,
et les jouissances qu'ils en espèrent.

En se hâtant d'encourager l'agriculture,
de rendre la liberté au commerce, d'établir de grands et utiles travaux publics,
on peut offrir dès-à-présent des occupations
de tout genre à l'armée licenciée ; et
comme par une suite de l'esprit révolutionnaire déjà observé, aucun homme n'a
pris sur les soldats un ascendant personnel,
la force armée est un pouvoir plus facile
à disséminer en France que dans un pays
où les troupes se rallieroient aux noms
de leurs chefs.

Il faut aussi opposer à l'inquiétude que
peut donner le licenciement des armées,
la certitude des malheurs qu'entraîneroit
la durée de la guerre ; l'Europe entière
bouleversée, prolongera le désordre intérieur de la France ; les factions de l'Alle-
magne, de la Hollande démocratisées, se
feront sentir jusqu'à Paris, et jamais aucun
gouvernement ne pourra s'y établir ; il
faudra des siècles pour que les empires
de l'Europe cessent de se bouleverser l'un
par l'autre, et peut-être cette partie du

monde dévastée ne présentera - t - elle
un jour que les déserts de l'Afrique,
ou l'avilissement de l'Asie.

Il est d'ailleurs une observation plus
immédiate : la France n'a point d'intérêt
à aguerrir les nations voisines , à les
rendre belliqueuses, comme elle, en y
portant le même esprit ; ce qui fait son
grand avantage dans cette guerre, c'est
qu'elle oppose toute sa milice aux troupes
réglées des autres pays ; si elle y intro-
duit une révolution semblable à la sienne,
loin d'être assurée d'un grand avantage
dans toutes les guerres, elle se trouvera
dans les mêmes relations de forces avec
ses voisines, dont ses nouveaux moyens
de recrutement l'avoient absolument fait
sortir. Enfin les chances innombrables des
effets de la guerre peuvent convenir à
ceux qui n'espèrent leur salut que de l'un
des jeux du hazard ; mais lorsqu'on veut
fonder son existence et le gouvernement
de son pays sur une bâse stable, tous
les événemens extraordinaires sont contre
soi.

La pensée personnelle dont on peut
redouter l'effet, sur les députés de la

Convention qui ont embrassé le parti de l'humanité en France, c'est la crainte de ne pouvoir exister comme particuliers après les actions de tout genre, auxquelles ils se sont condamnés; et cependant la nécessité reconnue de renouveler à la paix la représentation nationale. D'abord il est impossible que les députés, en perpétuant la guerre et par elle la révolution, résistent à tous les chocs qu'elle fera naître; et quand les plus marquans devroient chercher à la paix une existence paisible et sûre en Amérique, ce seroit bien peu comparable au danger, au tourment de craindre sans cesse pour sa propre vie dans un pays où le gouvernement qu'on dirige momentanément, menace par sa nature même la sûreté individuelle de ceux qui commandent, comme de ceux qui obéissent; mais les députés actuels n'auront pas même besoin d'adopter ce calcul, qu'ils éléveroient au rang du sacrifice.

Le nom de Robespierre a concentré la haine que l'on doit aux crimes qui se sont commis en France; ceux qui l'ont renversé et qui depuis sa mort ont pro-

clamé des idées de justice et d'humanité,
pourroient effacer dans le souvenir des
victimes qu'ils ont sauvées, même des
crimes antérieurs et plus obscurs que leurs
services. Le poids des malheurs actuels
est si grand, la terreur qu'ils inspirent
est si universelle, qu'un champ immense
est ouvert aux bienfaits réparateurs.

Chaque jour qui se passe sans qu'on
vous immole ce que vous avez de plus
cher, sans qu'on vous arrache votre fortune, votre liberté, votre vie, vous émeut
comme un bonheur inattendu. Depuis le
règne de Robespierre il semble qu'on
vous donne tout ce qu'on vous laisse,
et la reconnoissance se proportionne à
l'effroi. Le malheur a dépassé jusqu'à
la vengeance, et les ames sont trop af-
faissées pour en sentir le besoin. Une ré-
flexion d'ailleurs arrêteroit la plupart des
Français qui pourroient en retrouver la
force ; c'est qu'il n'en est point qui ne
doive considérer les chefs du parti modéré
comme ses libérateurs. La postérité aura
de la peine à concevoir ce que c'est qu'une
nation toute entière menacée de l'échafaud ;
hé bien, c'est le spectacle qu'a présenté

la France ; il n'en est pas un individu qui
ne pût se croire exposé à ce supplice ,
et le ressort du gouvernement de Robespierre et de ses adhérens étoit ce sentiment de terreur , qui pesoit sur les
assassins comme sur les assassinés. —— O
tems effroyable, dont les siècles pourront
à peine affoiblir la trace , tems qui n'ap-
partiendra jamais assez au passé !

Pour qui a vécu contemporain de Robespierre , il n'est plus de sujets de haine,
les crimes même disparoissent devant ce
colosse de l'enfer ; et les députés qui
peuvent se glorifier d'avoir hâté sa chûte
et celle de son système , doivent compter
sur la grandeur de la circonstance pour
absorber les souvenirs qu'ils redoutent.
Les victimes sont indulgentes pour tous
les repentirs ; la puissance permet de tout
réparer , et dans les troubles civiles il n'est
pour les heureux de juge inflexible que
leur conscience.

Enfin dans ces nouveaux bienfaits , il
ne s'agit encore que de la cessation des
assassinats ; cette révolution semble avoir
appris à regarder comme chef-d'œuvre du
gouvernement , l'art de préserver les hom-

mes de la hache de l'assassin, et c'est pour
d'autres biens cependant que l'ordre social
a existé; c'est pour un autre but qu'on
a tant parlé de la nécessité de les perfec-
tionner. Ceux qui donneront une constitution juste, libre et durable à la France,
se rappelleront avec tant d'éclat du tombeau de l'anarchie, que pour eux il n'existera
plus que de l'avenir.

Il faut encore d'riger contre une faction
criminelle ces armes révolutionaires, cette
puissance de terreur qu'elle seule a créé,
qu'elle seule rend nécessaire, et qui doit
s'anéantir en la terrassant. Que ces hommes
autrefois conjurés conspirent contre le
crime, et se rappellent encore un jour de
leurs talens funestes, pour exalter les esprits
contre ces jacobins, l'effroi de la nature
morale dont ils étouffent la voix, la France
alors sera plus disposée qu'aucun pays de
l'univers, à recevoir une constitution où
l'on n'aura pour problême à résoudre que
la conciliation de ce qui est possible avec
ce qui est désirable. La grande leçon du
malheur a usé toutes les résistances des
préjugés; les peines factices sont détruites;
qui oseroit prostituer le nom de la douleur,

après ce que nous avons souffert.

Dans le comble de l'infortune il n'y a place que pour le vrai; toute erreur est impossible après avoir senti le poids de tant de certitudes. On ne demande plus au gouvernement que l'objet de tous les gouvernemens, la sûreté des propriétés et des personnes; et les partisans de la monarchie limitée, les seuls qui hors de France peuvent être écoutés en France, ne font point de la royauté une religion, mais un principe; ne la soutiennent qu'au nom de l'intérêt général; et ne combattent la république qu'en cherchant à démontrer l'impossibilité de la fonder, et de la maintenir par la justice et la liberté. Il succède aux orages de toutes les passions un moment où l'ame fatiguée, où l'existence brisée ne peuvent se rattacher qu'à des idées purement raisonnables. La révolution de France a parcouru tant de périodes en peu de tems, elle a si promptement atteint les extrêmes, qu'il n'y a déjà plus pour ce peuple rien de nouveau sous le soleil que la justice et la vertu. Gloire à celui qui saisira l'instant où à leur tour elles auront leur enthousiasme, pour fonder un véri-

table gouvernement, et en resserrer tous
les liens ! Plus de sang innocent, plus de
maximes de barbarie, plus d'indifférence
pour les malheurs particuliers, multipliés
à un tel excès, qu'on pourroit se demander
si ce qu'ils appeloient le bonheur général
ne se composoit pas de l'infortune de tous
les individus.

Vous Français, vous qui repoussez l'Europe entière, vous qui êtes triomphans !
n'est-ce pas à vous qu'il doit moins en coûter
pour calmer vos fureurs vengeresses ? don-
nez, demandez, s'il le faut la paix à l'Europe ; elle vous est plus nécessaire ; car
c'est à elle qu'est attachée cette liberté, qui
peut seule plaider efficacement pour vous
au tribunal des siècles si vous n'atteignez
pas le but ; s'il ne vous restoit que l'horreur
des moyens, aucune nation ne seroit plus
deshonorée, et vos victoires se confondant
avec vos carnages, ne laisseroient plus dans
votre histoire que les annales de la mort.
Seriez-vous avides de nouveaux succès ?
quel obstacle vous oppose-t-on ? vous avan-
cez au lieu de vaincre ; tout vous cède hors
l'immuable nature des choses qui ne vous
permet pas de fonder un gouvernement sur

des principes désorganisateurs. Vous con-
quérez tout, hors l'estime indépendante
des esprits justes et des ames courageuses ;
mais ce sont les seuls suffrages dignes par
leur impartialité d'être considérés comme la
postérité contemporaine des événemens que
l'esprit de parti, ou l'ascendant des succès
pourroit altérer.

Cette France si étendue, si puissante, si
favorisée de tous les dons de la nature semble tenir dans les empires le même rang
que les rois parmi les hommes ; comme eux
elle peut réparer le passé par l'active séduc-
tion du présent ; comme eux elle rattache à
sa destinée par tous les genres de bien qu'elle
peut offrir ; comme eux enfin elle trouve
dans tous les cœurs le besoin de rejetter
ses crimes sur ceux qui l'ont dirigée, et de
lui attribuer avidement ses premiers efforts,
ses premiers pas vers la justice et l'humanité. Combien les étrangers n'ont-ils pas
éprouvé promptement le besoin de s'y confier ? Vous hommes honnêtes de la France,
hommes devenus tels, soyez encouragés
dans votre lutte par cet assentiment universel. Les événemens se pressent, le temps se
resserre ; c'est demain, c'est aujourd'hui

que vous recueillerez la paix de vos efforts;
vous n'avez pas besoin de cet élan de la pensée qui fait chercher la gloire au-delà du tré-
pas, celle qui vous est offerte est présente,
actuelle; c'est d'elle-même que dépend la
sureté, le repos, tous les genres de bien
qu'il falloit autrefois sacrifier pour obtenir
les palmes de l'immortalité; mais si vous
les méritez en donnant à votre pays une
constitution heureuse et libre, alors ne
souffrez pas que l'Europe soit couverte de
cette foule de vos compatriotes errans,
ruinés, proscrits, réduits au dernier degré
de l'infortune.

Les puissances, on l'a vu, ne sont pas
redoutables; le lien politique qui les unit
se dénoue, se contrarie et ne peut résister à
l'étroite fédération du fanatisme; mais les
ressources du désespoir sont incalculables,
et doivent être redoutés par tous les gouvernemens par tous les individus qui les
composent. Ce spectacle de malheur au-de-
hors de la France, entretiendra de la fer-
mentation dans son sein.

Le règne de Louis XIV a supporté l'émi-
gration causée par la révocation de l'édit
de Nantes, parce que les hommes qui s'y

sont soumis avoient une manière d'exister hors de France, qui les rendoit moins ardens à la recherche des moyens d'y rentrer, parce que le gouvernement étoit tellement stable, et l'esprit d'insurrection si étranger au siècle, que les malheureux n'avoient point d'alliés parmi les mécontens; mais il est impossible que la république de France, quand elle s'établiroit, eût de long-temps cette sorte de calme; il est tant de classes parmi les émigrés ! Le petit nombre coupable envers leur patrie, la foule tellement absurde dans le sens même de ses propres intérêts (1); les femmes qui ont toujours le droit de céder à la terreur, ceux enfin qui d'abord amis de la liberté, n'ont fui que l'empire du crime et se sont dérobés à une mort certaine, sous un gouvernement que vous reconnoissez vous même pour tyrannique.

Quand il n'y a plus de loix, peut-il exister des devoirs? et qu'on n'objecte pas la difficulté des exceptions, le peu d'inconvéniens qu'il peut exister pour un grand état

_____

(1) Voyez entr'autres les ouvrages de M. d'Entraigue et de M. Ferrand.

dans le sacrifice de quelques milliers de ses
anciens habitans : ce mépris de la morale et
de l'humanité seroit également impolitique;
il n'y a point de base certaine pour un gouvernement qui consacre une injustice ; elles
s'appuyent toutes l'une sur l'autre ; toutes
les exceptions, toutes les violations de la loi
peuvent dater d'un seul exemple ; et la nature même du gouvernement qu'on veut
établir en France, est celui qui souffre le
moins ce genre de modification des principes.

Le pouvoir d'un homme, entièrement
dépendant des circonstances, peut comme
lui se prêter aux événemens de tous les jours;
mais si l'on parvient à gouverner seulement
par la loi, il faudra que son application soit
évidente ; comment feroit-on entendre que
l'équité des jugemens criminels, la sureté
des propriétés légitimes, la liberté de tout
ce qui n'est pas contraire aux loix sont les
principes fondamentaux d'une république,
quand on proscrira, quand on bannira de
son sein les Français qui ne l'ont quittée
que pour se soustraire à la violation la plus
barbare de ces droits sacrés de l'homme ? --
Ceux qui reconnoissent pour guide la vertu,
le sentiment qui n'en est qu'un instinct plus

rapide, ne seront point convaincus par ces
raisons d'état que les révolutionnaires, peuples ou rois, n'ont cessé de donner pour excuse des injustices. Sans doute le spectacle
du malheur trouble et déchire les cœurs ca-
pables de compassion ; mais si l'on croit
élever son esprit en le séparant de son ame,
s'il faut, pour ainsi dire extraire le raisonnement de la conviction intime de tout son
être, il est aisé de la rattacher aux grands
principes de justice, à l'intérêt public,
que dans la gradation actuelle on place au
plus haut terme des motifs de décision
des hommes.

France, terre souillée de tant de sang
et de crimes, que l'Europe pensante tarde
depuis long-temps à maudire, si ce dernier
délai ne servoit enfin qu'au triomphe de
l'injustice, la honte de ta destinée retom-
beroit sur nous tous, qui pouvons espérer
encore d'un pays où le crime a régné, où
l'innocence a péri, et dont le peuple a pro-
digué le mépris au malheur, et l'insulte au
courage.

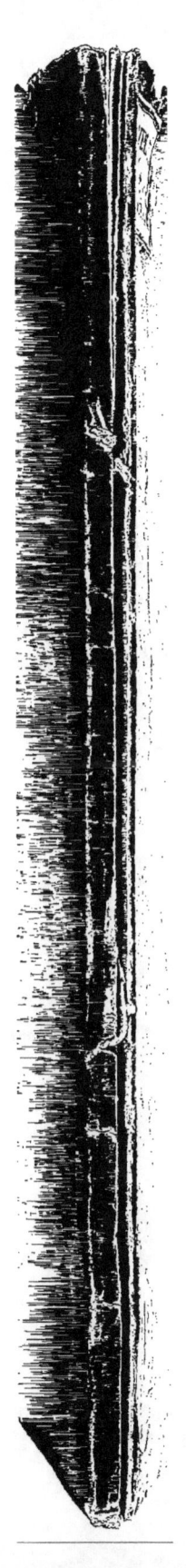

www.ingramcontent.com/pod-product-compliance
Lightning Source LLC
Chambersburg PA
CBHW060808180626
46818CB00002B/751